ISBN : 2-7470-1130-5

Illustrations : Danièle Bour
Textes : Marie Aubinais,
Marie-Agnès Gaudrat (*Petit Ours Brun et la nuit d'été* et *Petit Ours Brun fait un pâté*)
Claude Lebrun (*Petit Ours Brun joue dans la neige*, *Petit Ours Brun accueille maman*,
Petit Ours Brun dit non et *Petit Ours Brun découvre la lune*),
et la rédaction de Pomme d'Api.
Direction artistique : Pascale Guyon-Gallet
Réalisation graphique : Maryse Guittet
Imprimé en Italie - Dépôt légal : octobre 2003
Loi 49-956 du 16 juillet 1949 sur les publications destinées à la jeunesse.

Danièle Bour

Les trésors de Petit Ours Brun

Textes de Marie Aubinais,
Marie-Agnès Gaudrat, Claude Lebrun
et la rédaction de Pomme d'Api

BAYARD JEUNESSE

Lorsque Pomme d'Api me demanda, en 1975, de créer Petit Ours Brun,
le personnage existait déjà dans ma famille :
c'était mon petit garçon qui avait quatre ans
et qui en plus s'appelait Martin, comme la plupart des ours.
C'est perché sur mon dos que Martin suivait les aventures
de Petit Ours Brun comme si c'était les siennes.
Avec le temps, Martin a grandi, grandi...
et Petit Ours Brun, lui, est resté le même !

Danièle Bour

Mais qui est donc Petit Ours Brun ?

Chut ! Ne posez pas cette question à votre enfant. C'est lui, c'est elle, mais discrètement présenté sous les traits d'un ourson, pour que chacun s'y retrouve à son heure et selon son humeur.

Petit Ours Brun, c'est le compagnon de la petite enfance, ce temps unique où tout a la fraîcheur des premières fois ; où l'on découvre avec la même candeur la mer, le vent, la neige, l'œuf à la coque ; où tout est important, mais rien n'est grave. Et où, dans le même quart d'heure, on peut pleurer à gros bouillons et rire aux éclats, être paralysé par la peur et se sentir le roi du monde sur les épaules de son papa. La petite enfance, c'est le temps de la grande tendresse, où le besoin d'être aimé est inversement proportionnel à la taille de l'intéressé.

La petite enfance, c'est notre pays d'origine, le vôtre, le mien, le sien, dans lequel chacun puise d'un bout à l'autre de la vie. Petit Ours Brun le sait bien. C'est pourquoi il nous invite à une promenade au pays de ses premières découvertes, de ses petites inventions, de ses vraies émotions, de ses grands amours et de ses modestes victoires, qui animent les jours ordinaires et qui deviendront pour certains des souvenirs inoubliables...

Marie-Agnès Gaudrat
Directrice de la rédaction
de Pomme d'Api

Petites et grandes découvertes

Petit Ours Brun aime le vent

1.
Petit Ours Brun sent le vent sur ses joues.
On dirait une caresse, c'est doux.

2.
Petit Ours Brun sent le vent qui le porte.
On dirait un homme invisible, c'est drôle.

3.
Petit Ours Brun voit des rides sur l'eau.
On dirait des petites vagues, c'est joli.

4.
Petit Ours Brun voit une feuille qui vole,
qui se pose, qui repart. On dirait un oiseau.

5.
Petit Ours Brun veut attraper la feuille.
Le vent l'emporte. On dirait qu'elle danse !

6.
Petit Ours Brun entend le vent qui souffle,
puis qui souffle plus fort. On dirait le loup.

7.
Petit Ours Brun est rentré à la maison.
On dirait que le vent n'est pas content...

Petit Ours Brun mange un œuf

1. Dans le coquetier de Petit Ours Brun,
il y a un œuf, tout chaud !

2. Dans la cuillère de Petit Ours Brun,
il y a un petit chapeau, tout blanc !

3. Dans l'œuf de Petit Ours Brun,
il y a du jaune, bien jaune !

4.

Dans l'œuf de Petit Ours Brun,
il y a encore du jaune, tout mou !

5.

Dans l'œuf de Petit Ours Brun,
il n'y a plus que du blanc, c'est tout !

6.

Dans l'œuf de Petit Ours Brun,
il n'y a plus rien du tout, voilà !

7.

Dans le coquetier de Petit Ours Brun,
il y a un nouvel œuf ! Vraiment ?

Petit Ours Brun et le téléphone

1.
Petit Ours Brun n'a pas peur du téléphone.

2.
Petit Ours Brun entend un tout petit bruit.
Il dit : - Allô, y a quelqu'un ou y a personne ?

3.
Petit Ours Brun appuie sur les touches :
- Tut, tut, c'est facile pour moi, ça !

4.

Puis il dit n'importe quoi :
- Allô, allô, les pompiers dans le tuyau ?

5.

Petit Ours Brun raccroche
en riant comme un fou.

6.

Tout à coup, « driiing ! »... Le téléphone sonne.
Petit Ours Brun va vite décrocher.

7.

Il entend la voix de Papa Ours qui dit :
- Allô, c'est toi, Petit Ours Brun ?

Petit Ours Brun ramasse des marrons

1.
Petit Ours Brun a tapé dans un marron.
Le marron roule comme un petit ballon.

2.
Petit Ours Brun shoote dans le marron.
Le marron s'éloigne en roulant de travers.

3.
Petit Ours Brun voit un autre marron.
Celui-là est gros, brillant, bien rond.

4.
Petit Ours Brun le ramasse, et il le garde.
Le marron devient chaud dans sa main.

5.
Petit Ours Brun voit de drôles de marrons :
des géants, des cabossés et des bébés marrons.

6.
Petit Ours Brun ne prend que les plus jolis.
Et ses poches sont déjà remplies.

7.
Petit Ours Brun en a vu un très, très joli.
Il le donne à sa maman, pour toute la vie !

Petit Ours Brun joue dans la neige

1.
Petit Ours Brun fait une petite boule,
qu'il roule, qu'il roule.

2.
Elle devient une grosse boule,
plus grosse que Petit Ours Brun.

3.
Petit Ours Brun fait trois petites boules,
qu'il lance, qu'il lance...

4.
...dans le nez de Papa Ours Brun,
qui n'est pas content, content.

5.
Petit Ours Brun se laisse
tomber bien lourd dans la neige douce.

6.
Et dans la neige,
ça fait comme un Petit Ours Blanc.

7.
Petit Ours Brun lèche la neige :
c'est bon comme une glace à rien !

Petit Ours Brun dort chez son cousin

1.
Petit Ours Brun dort chez son cousin.
Il a un lit par terre. C'est super !

2.
Petit Ours Brun a mis son pyjama,
celui qui a des voitures. Il est très fier !

3.
Petit Ours Brun se brosse les dents
dans un lavabo vert. Il le trouve joli !

4.
Petit Ours Brun saute sur le lit,
comme son cousin. Il fait le fou !

5.
Petit Ours Brun doit dormir maintenant.
C'est sa tante qui l'a dit. Il est d'accord.

6.
Petit Ours Brun regarde le plafond.
Ce n'est pas comme chez lui. Il se sent drôle.

7.
Petit Ours Brun serre son lutin contre lui.
Il se sent bien maintenant. Il va s'endormir.

Petit Ours Brun fait de la peinture

1\. Petit Ours Brun va faire de la peinture.
Il met un tablier et il retrousse ses manches.

2\. Pour faire de la peinture, il faut de l'eau.
Petit Ours Brun a un gobelet, et il le remplit.

3\. Pour faire de la peinture, il faut de la peinture.
Petit Ours Brun en a dans une belle boîte.

4.
Pour faire de la peinture, il faut un papier.
Maman Ours a trouvé une grande feuille.

5.
Pour faire de la peinture, il faut un pinceau.
Petit Ours Brun en a un, et il est très beau.

6.
Petit Ours Brun a tout ce qu'il faut
maintenant pour faire un beau dessin.

7.
Voilà ! Petit Ours Brun a terminé,
il dit : - Tiens, Maman, c'est pour toi !

Petit Ours Brun jardine

1.
Maman Ours va au jardin.
Petit Ours Brun dit : - Je viens avec toi.

2.
Maman Ours creuse un peu la terre.
Petit Ours Brun dit : - Heureusement que je t'aide !

3.
Maman Ours sème des graines de persil.
Petit Ours dit : - Elles sont petites, petites !

4. Maman Ours donne des coups de rateau.
Petit Ours Brun aussi, il dit : - Pfff... il fait chaud.

5. Maman Ours va chercher de l'eau.
Petit Ours Brun dit : - Il faut beaucoup d'eau.

6. Maman Ours arrose la moitié du carré.
Petit Ours Brun dit : - Moi, j'arrose ce côté.

7. Maman Ours dit : - Et voilà, c'est terminé !
Petit Ours Brun dit : - On a bien travaillé !

Petit Ours Brun va voir les lapins
1.
Petit Ours Brun et son papa vont voir les lapins qui sont tranquilles dans leur coin.
2.
Petit Ours Brun voudrait qu'ils bougent un peu, mais ils n'ont pas envie, eux !
3.
Petit Ours Brun tend une carotte. Tiens, tiens, un lapin s'approche.

4.
Le lapin s'approche même beaucoup.
Petit Ours Brun recule d'un seul coup.

5.
Petit Ours Brun revient près du grillage.
Il voit les petits au fond de la cage.

6.
Petit Ours Brun veut toucher un bébé lapin.
Papa Ours en attrape un.

7.
Petit Ours Brun le caresse doucement.
Il dit : - N'aie pas peur, elle est là, ta maman !

Petit Ours Brun a très chaud

1.
Petit Ours Brun passe devant le ventilateur,
et il dit : - Ahh ! De l'air !

2.
Petit Ours Brun enlève sa chemise,
et il dit : - Pfff... j'ai moins chaud !

3.
Petit Ours Brun boit un verre d'eau,
et il dit : - Ah, j'avais soif.

4.
Petit Ours Brun ouvre le réfrigérateur,
et il dit : - Merci pour le froid !

5.
Petit Ours Brun lèche sa glace à petits coups,
et il dit : - Ça, au moins, ça rafraîchit.

6.
Petit Ours Brun court vers l'ombre, et il dit :
- Ouille, ouille, ouille, ça brûle par terre !

7.
Petit Ours Brun va bientôt se baigner.
Il dit : - Ça, c'est mon froid préféré !

Petit Ours Brun et la nuit d'été

1.
Petit Ours Brun est tout excité :
c'est la nuit, et il part se promener.

2.
Oh là là ! Il fait noir, la nuit.
Petit Ours Brun ne voit même pas ses pieds.

3.
Hum ! Elle sent bon, la nuit !
Petit Ours Brun fait exprès de respirer.

4.
Mais il n'y a pas un bruit, la nuit !
Pour rire, Petit Ours Brun pousse un cri.

5.
Tiens, quelque chose a bougé.
Petit Ours Brun n'est pas rassuré.

6.
Oh ! Mais la nuit est très belle !
Il y a plein d'étoiles dans le ciel.

7.
Petit Ours Brun est vraiment content.
Il veut tout raconter à sa maman.

Petites et grandes inventions

Petit Ours Brun joue sur le canapé

1.
Quand maman n'est pas là,
Petit Ours Brun joue sur le canapé.

2.
Pour s'amuser, il saute très haut
et il retombe bien assis, c'est facile.

3.
Petit Ours Brun aime bien aussi courir vite
sur le canapé tout mou.

4.
Et monter jusqu'en haut
par le petit escalier du côté.

5.
Après, Petit Ours Brun peut glisser devant,
ça fait comme un toboggan.

6.
Quand maman arrive,
vite, vite, il s'assoit.

7.
Maman dit : - Dis donc, toi, tu sais pourquoi
la couverture est toute en tas ?

Petit Ours Brun et le carton

1.
Chez Petit Ours Brun,
il y a un grand carton.

2.
Ce carton est tout vide,
Petit Ours Brun peut entrer dedans.

3.
Ce carton est tout clair,
Petit Ours Brun peut écrire dessus.

4.
Ce carton est très solide,
Petit Ours Brun peut y mettre ce qu'il veut.

5.
Quand Petite Ourse Rousse arrive, elle dit :
- Elle est drôlement belle, ta maison !

6.
Petit Ours Brun est fier, il répond :
- Oui, et dedans, on est bien, viens !

7.
Et quand Maman Ours arrive, il dit :
- Vous avez vu notre maison, Madame ?

Petit Ours Brun se déshabille

1.
Petit Ours Brun enlève son pull.
Pouf ! par terre.

2.
Petit Ours Brun enlève son pantalon.
Tiens, il a une idée !

3.
Il met le pantalon par terre bien à plat,
une jambe après l'autre.

4.
Il ramasse le pull.
Il l'étale au-dessus du pantalon.
5.
Vite, il enlève ses chaussettes,
un pied, l'autre pied.
6.
Maintenant, une chaussure,
et l'autre chaussure.
7.
Petit Ours Brun rajoute son bonnet.
Oh, le drôle de Petit Ours Brun !

Petit Ours Brun dans son bain

1.
Maman Ours dit à Petit Ours Brun :
- Il est temps de sortir du bain.

2.
Petit Ours Brun dit à Maman Ours :
- Mais je n'ai pas fini de jouer !

3.
Maman Ourse dit à Petit Ours Brun
- Allez, viens, on t'attend pour dîner.

4.
Petit Ours Brun dit à Maman Ours :
- Tu peux aller manger, moi je préfère nager.

5.
Maman Ours dit à Petit Ours Brun
- Maintenant, tu sors, ça a assez duré.

6.
Petit Ours Brun s'énerve et il tape dans l'eau,
Maman Ours est toute mouillée.

7.
Cette fois, c'est Maman Ours qui s'énerve.
Petit Ours Brun dit : - Oui, oui, je me sèche.

Petit Ours Brun
s'amuse à faire peur

1. Quelquefois, pour faire peur à sa maman,
Petit Ours Brun se met derrière la commode.

2. Quand Maman Ours passe, il fait : - Whou !

3. Quelquefois, pour faire très peur à son papa,
Petit Ours Brun se met derrière la porte.

4.
Quand Papa Ours arrive, il crie : - Ouah !
5.
Quelquefois, pour faire
très très peur à ses parents,
Petit Ours Brun les attend derrière le rideau.
Et quand papa et maman sont là,
il dit : - Hou... hou... je suis le gros loup !
7.
Papa Ours dit : - Vite, il faut attraper le loup !
Petit Ours Brun dit : - Mais non, papa, c'est moi !

Petit Ours Brun joue avec papa

1.
Papa Ours traîne au lit ce matin,
et Petit Ours Brun vient le voir.

2.
Papa Ours fait une montagne avec ses genoux,
et Petit Ours Brun grimpe dessus.

3.
Papa Ours fait bouger la montagne,
et Petit Ours Brun a du mal à rester assis.

4.
Papa Ours dit : - Tremblement de terre !
Et Petit Ours Brun tombe en arrière.

5.
Papa Ours dit : - La montagne a repoussé.
Et Petit Ours Brun la tient serrée.

6.
Papa Ours dit : - Attention, ça va s'écrouler !
Petit Ours Brun dit : - Oh, non, pitié !

7.
Papa Ours dit : - Maintenant, on dort ?
Petit Ours Brun dit : - Non, allez, encore !

Petit Ours Brun se déguise

1.
Petit Ours Brun a une caisse de déguisements.
Et il aime bien fouiller dedans.

2.
Petit Ours Brun met un chapeau.
Et il se trouve très très beau.

3.
Petit Ours Brun trouve une nappe.
Et il dit que c'est sa cape.

4.
Petit Ours Brun trouve un bâton.
Et il dit que c'est son épée.

5.
Petit Ours Brun a une idée
pour se déguiser les pieds...

6.
Il met les bottes de son papa.
Et il a l'air d'un géant.

7.
Petit Ours Brun est déguisé.
Il dit : - Voici le grand chevalier !

Petit Ours Brun
fait une grosse bêtise

1.
Petit Ours Brun est tout seul.
Petit Ours Brun s'ennuie.

2.
Petit Ours Brun trouve un gros crayon.
Il va faire un dessin.

3.
Petit Ours Brun ne sait pas où écrire.
Il essaie sur le mur.

4.
C'est bien, sur le mur,
Petit Ours Brun peut dessiner debout.

5.
En marchant, Petit Ours Brun
fait un trait bien droit.

6.
Sur la porte, ça fait des petites bosses.
Petit Ours Brun s'amuse bien.

7.
Maman Ours se fâche vraiment : - Oh non,
Petit Ours Brun, ça, ça ne va pas du tout !

Petit Ours Brun
sur les épaules de papa

1\.
Sur les épaules de son papa,
Petit Ours Brun monte comme en ascenseur !

2\.
Sur les épaules de son papa,
Petit Ours Brun joue au coiffeur !

3\.
Sur les épaules de son papa,
Petit Ours Brun voit tout de sa hauteur !

4.
Sur les épaules de son papa,
Petit Ours Brun n'a jamais peur !

5.
Sur les épaules de son papa,
Petit Ours Brun est un farceur !

6.
Sur les épaules de son papa,
Petit Ours Brun est un très bon marcheur !

7.
Sur les épaules de son papa,
Petit Ours Brun est un très bon dormeur !

Petit Ours Brun joue à la dînette

1.
Petit Ours Brun veut jouer à la dînette.
Il dit : - D'abord, il faut des assiettes.

2.
Petite Ourse Rousse apporte des fourchettes.
Elle dit : - Moi, je sais bien les mettre.

3.
Petit Ours Brun ne trouve pas de verres.
Il dit : - On dirait qu'on n'aurait pas soif.

4.
Petite Ourse Rousse ramasse de la terre.
Elle dit : - Ça, c'est de la purée très foncée.

5.
Petit Ours Brun cherche des belles pierres.
Il dit : - Et ça, ça fait de beaux biftecks.

6.
Petite Ourse Rousse fait semblant de manger.
Elle dit : - Humm, c'est délicieux, monsieur.

7.
Petit Ours Brun a une très bonne idée :
- Si on prenait des vraies glaces comme dessert ?

Petites et grandes émotions

Petit Ours Brun
rentre à la maison
1.
Le soir, Petit Ours Brun rentre chez lui.
Il connaît par cœur tous les coins du chemin.
2.
Devant la maison au portail gris,
il sait qu'il ne faut pas avoir peur du chien.
3.
Sur le trottoir, il répète :
- Un pied sur le jaune, un pied sur le blanc...

4.
À côté de la boîte aux lettres-maison,
il rêve qu'il est le lutin qui habite dedans.

5.
En passant sur la plaque d'égoût, il se dit :
- Ouf, trop gros pour tomber dans le trou.

6.
Quand il voit le muret,
il veut monter dessus pour être plus grand.

7.
Puis Petit Ours Brun court jusque chez lui,
il arrive et il crie : - Maman, tu es là ?

Petit Ours Brun est grognon

1.
Petit Ours Brun n'arrive pas à faire son puzzle.
Il souffle : - Pff... j'en ai marre, moi !

2.
Petit Ours Brun demande à boire.
Il grogne : - Non, pas dans ce verre-là !

3.
Petit Ours Brun voit papa mettre le couvert.
Il gémit : - Mais c'est moi qui devais le faire !

4.
Petit Ours Brun se cogne dans la porte.
Il crie : - Aïe ! T'es bête ou quoi, la porte !

5.
Cette fois, Papa Ours se fâche.
- Dis donc, Petit Ours, tu vas te calmer !

6.
Petit Ours Brun pleure pour de bon :
- Je me fais mal, et toi, tu me grondes.

7.
Papa Ours dit : - Moi, je connais un petit ours
qui a un énorme besoin de se reposer.

Petit Ours Brun a peur du noir
1.
Petit Ours Brun va chercher ses chaussons.
Il les a laissés dans sa chambre.
2.
Petit Ours Brun revient en disant :
- Il fait nuit dans ma chambre.
3.
Petit Ours Brun dit qu'il y a des loups.
Mais sa maman dit qu'il n'y a rien du tout.

4.
Petit Ours Brun dit : - Peut-être qu'ils sont cachés ?
Maman Ours dit : - Alors, on va les chasser.

5.
Petit Ours Brun est déjà plus rassuré.
Mais il préfère quand même rester derrière.

6.
Petit Ours Brun voit que dans sa chambre
il n'y a pas un seul petit loup.

7.
Petit Ours Brun n'a plus peur maintenant.
Mais il aime mieux repartir avec sa maman.

Petit Ours Brun accueille maman

1.
Le soir, quand Petit Ours Brun entend
la clé dans la porte, il dit : - C'est maman !

2.
- Maman, maman, dans les bras !
J'ai été très sage.

3.
- Je prends ton sac. Il est lourd.

4.
- Enlève ton manteau, tu ne repars plus.

5.
- Je t'apporte tes pantoufles.
Maintenant, tu restes à la maison.

6.
- Tu m'as apporté quelque chose pour moi ?

7.
Maman Ours dit : - Fais-moi un gros câlin,
mon ourson chéri.

Petit Ours Brun se perd au marché

1.
Petit Ours Brun va au marché.
Il est très content d'y aller avec son papa.

2.
Petit Ours Brun voit un petit chat.
Il veut l'attraper, mais il n'y arrive pas.

3.
Petit Ours Brun veut retrouver son papa.
Mais ?... Papa Ours n'est plus là !

4.
Petit Ours Brun regarde de tous les côtés.
Il court, il cherche, il ne sait plus où aller.

5.
Une dame dit : - Comment est-il, ton papa ?
Petit Ours Brun a trop de chagrin pour parler.

6.
Tout à coup, voilà Papa Ours !
Petit Ours Brun se jette dans ses bras.

7.
Papa Ours dit : - Où étais-tu passé ? Mais
Petit Ours Brun est trop content pour parler.

Petit Ours Brun fait un cauchemar

1.
C'est la nuit.
Petit Ours Brun se réveille tout d'un coup.

2.
Il a peur, il a chaud, et il pleure.

3.
C'est la nuit.
Maman Ours a entendu son petit ours.

4.
Petit Ours Brun dit qu'il y a
un gros bonhomme dans sa chambre.

5.
Maman Ours dit : - Tu as fait un mauvais rêve,
mon ourson. Tu vois, il n'y a rien du tout.

6.
Petit Ours Brun n'a plus peur maintenant,
mais il a encore de gros sanglots.

7.
C'est la nuit. Petit Ours Brun s'est réveillé.
Mais il s'est rendormi.

Petit Ours Brun et les odeurs de Noël

1.
À Noël, chez Petit Ours Brun, il y a un sapin,
et ça sent un peu la forêt dans un coin.

2.
À Noël, chez Petit Ours Brun, il y a des clémentines,
et ça donne comme une odeur de pluie fine.

3.
À Noël, chez Petit Ours Brun, il y a des chocolats,
ça sent si bon qu'il gouterait bien celui-là.

4.
À Noël, chez Petit Ours, il y a une dinde au four,
et ça sent la bonne odeur des grands jours.

5.
À Noël, chez Petit Ours Brun, il y a des bougies,
et s'il en éteint une, ça sent doucement la fumée.

6.
À Noël, chez Petit Ours Brun, il y a un feu pétillant,
et ça sent le bois et l'hiver vivifiant.

7.
À Noël, Petit Ours Brun dit : - Ça sent Noël partout !
Et en plus, moi, je crois que ça sent les cadeaux.

Petit Ours Brun est fâché avec maman

1.
Petit Ours Brun veut tous les bonbons.
Maman Ours dit : - J'ai déjà dit non !

2.
Petit Ours Brun dit un gros mot tout bas.
Maman Ours gronde : - Non mais, ça ne va pas ?

3.
Petit Ours Brun part en pleurant.
Il dit : - Toi, t'es plus ma maman !

4.
Petit Ours Brun pleure longtemps.
Il ne sait pas si sa maman l'entend.

5.
Petit Ours Brun finit par se calmer.
Mais sa maman ne vient pas le chercher.

6.
Petit Ours Brun va la rejoindre à petits pas.
Il chuchote : - Mon lutin veut parler avec toi.

7.
Alors, Maman Ours lui répond tout bas :
- Dis-lui de venir dans mes bras.

Petit Ours Brun est amoureux

1.
Petit Ours Brun a une amoureuse,
et il parle d'elle : c'est Petite Ourse Grise !

2.
Petit Ours Brun aime la retrouver,
et il court vers elle quand il arrive.

3.
Petit Ours Brun aime bien sa robe rouge,
et aussi son collier qui fait du bruit.

4.
Petit Ours Brun joue souvent avec elle,
et il sait qu'elle aime les mêmes jeux que lui.

5.
Petit Ours Brun la tient par le cou,
et il est content quand elle le tient aussi.

6.
Petit Ours Brun lui fait des petits cadeaux,
et il est heureux quand elle dit : - C'est joli !

7.
Petit Ours Brun est amoureux.
Et celle qu'il aime, c'est Petite Ourse Grise.

Petit Ours Brun est très occupé

1.
Petit Ours Brun joue bien avec son train.
Tellement bien qu'il ne pense plus à rien !

2.
Petit Ours Brun a envie de faire pipi.
Mais pas tellement, il préfère continuer à jouer.

3.
Petit Ours Brun a de plus en plus envie,
tellement qu'il commence à se tortiller.

4.
Petit Ours Brun se retient, se retient,
tellement qu'il ne peut plus bouger.

5.
Petit Ours Brun a vraiment trop envie,
tellement qu'il ne peut plus se retenir.

6.
Petit Ours Brun a fait pipi,
tellement qu'il est tout mouillé !

7.
Petit Ours Brun est mal à l'aise, alors
il appelle : - Maman, il y a un petit accident !

Petit Ours Brun s'ennuie
1.
Petit Ours Brun s'ennuie.
Il ne sait pas quoi faire.
2.
Il ne veut pas jouer avec ses cubes,
ça finit toujours par tomber.
3.
Il ne veut pas jouer avec son camion,
il est bien trop cassé.

4.
Il regarde longtemps par la fenêtre,
et il ne pense à rien, il pense qu'il s'ennuie.

5.
Tout à coup, il voit passer Minou.
Il dit : - Tu t'ennuies, toi aussi.

6.
Allez, viens, on va jouer.
Mais Minou n'a pas envie de jouer.

7.
Petit Ours Brun ne s'ennuie plus.
Il s'occupe de Minou qui s'ennuie.

Petit Ours Brun regarde les étoiles

1.
C'est la nuit, plus de bruit...
Petit Ours Brun et son papa se promènent.

2.
Dans le ciel, il y a plein d'étoiles !
Petit Ours Brun et son papa les regardent.

3.
La lune brille, tout là-haut.
Petit Ours Brun demande si on peut l'attraper.

4.
L'herbe est douce, elle fait un beau tapis…
Petit Ours Brun et son papa s'y allongent.

5.
Une lumière passe, c'est une étoile filante !
Petit Ours Brun et son papa l'ont bien vue.

6.
Tout est calme, bien tranquille.
Petit Ours Brun et son papa rêvent en silence.

7.
C'est la nuit, plus de bruit…
Petit Ours et son papa sont bien tous les deux.

Petites et grandes victoires

Petit Ours Brun n'a pas peur

1.
Petit Ours Brun n'a pas peur de Barnabé,
son oncle, mais il préfère ne pas lui parler.

2.
Il n'a pas peur du bruit de la sirène,
mais il préfère ne pas trop l'écouter.

3.
Il n'a pas peur de la machine à laver, mais
il préfère partir si elle se met à trembler.

4.
Il n'a pas peur du chien du voisin,
mais il préfère se dépêcher quand il passe à côté.

5.
Il n'a pas peur de son livre de pirates,
mais il préfère ne pas trop le regarder.

6.
Petit Ours Brun n'a pas peur du noir,
mais il préfère quand tout est allumé.

7.
Petit Ours Brun a très peur du masque de loup,
sauf quand c'est lui qui est dessous !

Petit Ours Brun
veut être le premier

1.
Quand Petit Ours Brun rentre à la maison,
il fait la course pour arriver le premier.

2.
Quand Petit Ours Brun voit de la purée,
il tend son assiette pour être servi d'abord.

3.
Quand Petit Ours Brun joue,
il dit : - C'est moi qui commence !

4.
Quand Petit Ours Brun fait du toboggan,
il aime bien passer devant les enfants.

5.
Quand Petit Ours Brun revient des courses
avec son papa, il veut vite ranger le lait.

6.
Quand Petit Ours Brun se lève le dimanche,
il est fier de dire : - Premier réveillé !

7.
Mais quand Petit Ours Brun va à la piscine,
il dit : - C'est moi qui sors en dernier !

Petit Ours Brun dit non
1.
- Petit Ours Brun, il faut ranger, dit maman.
- Non, je n'ai pas fini !
2.
- Petit Ours Brun, j'ai dit de ranger.
- Non, je suis dans ma voiture.
3.
- Viens te laver les mains, Petit Ours Brun !
- Non, elles ne sont pas sales, mes mains !

4.
- Regarde le bout de ton nez, Petit Ours Brun.
- Non, je ne veux pas voir mon nez !

5.
- Petit Ours Brun, va chercher ton manteau.
- Non, pas mon manteau, il n'est pas joli !

6.
- Viens mettre tes chaussures, Petit Ours Brun.
- Non, pas mes chaussures, mes bottes !

7.
- Petit Ours Brun, tu ne veux pas dire oui ?
- Non, non et non !

Petit Ours Brun et son grand cahier

1.
Petit Ours Brun a un grand cahier.
C'est son papa qui le lui a donné.

2.
Petit Ours Brun a aussi des crayons,
il sait très bien où ils sont.

3.
Petit Ours Brun choisit un crayon violet.
C'est pour faire une maison.

4.
Petit Ours Brun change de couleurs,
c'est pour dessiner des fleurs.

5.
Maman Ours dit : - Il est joli, ton avion.
Petit Ours dit : - Mais non, c'est une maison.

6.
Petit Ours Brun fait des ronds et des ronds,
sur toutes les pages, avec un seul crayon.

7.
Petit Ours Brun a rempli tout son cahier.
Il dit : - Quand même, j'ai bien travaillé !

Petit Ours Brun fait du vélo

1.
Petit Ours Brun a un vélo maintenant.
C'est parce qu'il est un peu grand.

2.
Petit Ours Brun a un vélo avec de petites roues.
C'est facile pour lui de monter dessus !

3.
Petit Ours Brun aime bien faire pouet-pouet.
C'est tellement rigolo !

4.
Petit Ours Brun regarde ses pédales.
C'est pour être sûr qu'elles tournent bien.

5.
Petit Ours Brun dit : - Maman, regarde !
C'est pour qu'elle voie comme il pédale bien.

6.
Petit Ours Brun n'avance plus du tout.
C'est parce que la route monte trop.

7.
Petit Ours Brun descend un peu vite.
C'est vraiment super que Maman soit là !

Petit Ours Brun s'habille tout seul

1.
Petit Ours Brun est encore en pyjama.
Mais tous ses habits sont là.

2.
Petit Ours Brun met son T-shirt en premier.
Mais, d'abord, il regarde où est l'étiquette.

3.
Petit Ours Brun met ensuite sa culotte.
Mais, d'abord, il l'installe du bon côté.

4.
Petit Ours Brun va mettre son short.
Mais, d'abord, il écoute une chanson.

5.
Petit Ours Brun est d'accord pour s'habiller,
mais, il veut le faire tout seul !

6.
Petit Ours Brun sait mettre sa chemise.
Mais pour les boutons, c'est plus difficile.

7.
Petit Ours Brun a fini de s'habiller.
Pour lui, vraiment, ce n'est pas compliqué !

Petit Ours Brun fait une farce

1.
Petit Ours Brun a mangé un bonbon
et dans le papier, il n'y a plus rien, hélas !

2.
Petit Ours Brun a une idée.
Là où était le bonbon, il met un Légo à la place.

3.
Petit Ours Brun referme le petit paquet
et il le donne à sa maman qui passe.

4.
Maman Ours dit : - Ça, c'est gentil,
mon petit ours. Et même elle l'embrasse.

5.
Maman Ours ouvre le papier.
Petit Ours Brun fait de drôles de grimaces.

6.
Petit Ours Brun éclate de rire.
Il dit : - Oh, mais qu'est-ce qui se passe ?

7.
Maman Ours rit à son tour.
Elle dit : - Tu ne m'aurais pas fait une farce ?

Petit Ours Brun se fait mal

1.
Petit Ours Brun est tombé.
Il s'est fait mal, ouille ouille ouille !

2.
Petit Ours Brun se relève.
C'est au genou qu'il a mal, aïe aïe aïe !

3.
Petit Ours Brun se met à pleurer.
Il va voir sa maman, vite vite vite !

4\.
Maman Ours lui dit : - Où t'es-tu fait mal ?
- Montre-moi ! Ce n'est pas grave. Attends...

5\.
Petit Ours Brun veut bien que maman le soigne,
mais il ne veut pas qu'elle le touche. Ah non !

6\.
Maman Ours nettoie le genou de Petit Ours Brun.
Elle lui fait un beau pansement. Super !

7\.
Petit Ours Brun avait besoin d'un pansement
et d'un câlin. Ça va mieux maintenant.

Petit Ours Brun fait son spectacle

1.
Petit Ours Brun trouve un micro.
Il dit qu'il est un chanteur.

2.
Petit Ours Brun se met à chanter sans arrêt :
« Tom-ber la, tomber la chemiise ! »

3.
Petit Ours Brun veut qu'on le voie.
Il dit qu'il fait un spectacle.

4.
Petit Ours Brun est un grand chanteur.
Il chante en marchant.

5.
Petit Ours Brun est aussi un bon danseur.
Il chante en dansant.

6.
Petit Ours Brun arrive devant le miroir.
Il se regarde danser. Il est fier de lui.

7.
Petit Ours Brun salue maintenant,
comme si la foule l'applaudissait très fort.

Petit Ours Brun fait un pâté

1.
Petit Ours Brun a du mal à marcher,
mais il a besoin de tout emporter.

2.
Petit Ours Brun s'installe bien.
Il parle tout seul dans son coin :

3.
- J'ai mon secret pour les pâtés !
Je prends du sable un peu mouillé.

4.
Après, je remplis bien mon seau,
je mets plein de sable, j'en mets même un peu trop.

5.
Avec ma pelle, comme ça, je tasse
toute la petite montagne qui dépasse.

6.
Et pour que le pâté tienne debout,
je retourne mon seau d'un seul coup.

7.
Ça y est, j'ai fait un beau pâté !
Maintenant, je vais l'écrabouiller.

Petit Ours Brun est fier de lui

1.
Petit Ours Brun dessine des ronds bien ronds.
Il dit : - C'est beau, non ?

2.
Petit Ours Brun fait tenir ses jouets en tas.
Il dit : - Hé, papa, tu as vu ça ?

3.
Petit Ours Brun remplit son verre tout seul.
Il dit : - Est-ce qu'il y en a qui en veulent ?

4. Petit Ours Brun coupe une tranche de gâteau.
Il dit : - Vous voyez, je n'en coupe pas trop !

5. Petit Ours Brun fait un beau boudin.
Il dit : - En plus, je le fais d'une seule main.

6. Petit Ours Brun fait pipi comme un grand.
Il dit : - Je fais comme ça, tu vois, maman ?

7. Petit Ours Brun est tout fier d'avoir grandi.
Il dit : - J'aime bien ce jeu de quand j'étais petit.

Petits et grands amours

Petit Ours Brun et son papa

1.
Quand Papa Ours rentre le soir,
Petit Ours Brun dit : - Viens voir !

2.
Quand Papa Ours se rase,
Petit Ours Brun dit : - Ça fait mal ?

3.
Quand Papa Ours fait le gros loup,
Petit Ours Brun dit : - Je suis le petit loup.

4.
Quand Papa Ours veut faire l'avion,
Petit Ours Brun ne dit jamais non.

5.
Quand Papa Ours et Petit Ours Brun font pipi,
Petit Ours Brun dit : - J'ai presque fini !

6.
Quand Papa Ours prépare une surprise,
Petit Ours Brun dit : - Il faut rien dire !

7.
Quand Papa Ours est sur le canapé,
Petit Ours Brun dit : - Il est à qui, ce nez ?

Petit Ours Brun aime la mer

1.
Petit Ours Brun aime la mer, très grande,
si grande qu'il ne voit pas où elle finit.

2.
Petit Ours Brun aime la mer qui bouge,
et qui creuse des trous sous ses pieds.

3.
Petit Ours Brun aime la mer bien froide,
si froide qu'elle le fait frissonner.

4.
Petit Ours Brun aime la mer toute fraîche,
si fraîche qu'il s'y baigne tout entier.

5.
Petit Ours Brun aime la mer très forte,
si forte qu'elle peut le faire tomber.

6.
Petit Ours Brun aime la mer belle et bleue,
avec des vagues, des vagues et des vagues.

7.
Petit Ours Brun aime tellement la mer
que parfois il lui parle : - Au revoir, petite mer !

Petit Ours Brun découvre la lune
1.
- Oh ! Regarde le ballon.
- Mais non, Petit Ours Brun, c'est la lune.
2.
- C'est drôle, elle m'a suivi.
3.
- Est-ce qu'elle va venir aussi dans ma chambre ?

4.
- Oui, elle est encore là. Elle est gentille, la lune.
5.
- Oh ! Mais pourquoi elle est partie ?
6.
- Ça y est, la voilà encore !
Je voudrais bien l'attraper.
7.
- J'aime bien la lune.
C'est joli, sa lumière !

Les petits bonheurs de Petit Ours Brun

1.
Petit Ours Brun aime bien aller à la piscine,
surtout là où il y a des petites marches.

2.
Petit Ours Brun aime bien manger une sucette,
surtout quand elle est au citron.

3.
Petit Ours Brun aime bien les mots d'amour,
surtout quand c'est : «Mon petit cœur».

4.
Petit Ours Brun aime bien la mousse du bain,
surtout quand elle tient debout toute seule.

5.
Petit Ours Brun aime bien prendre le bus,
surtout quand c'est lui qui tient le ticket.

6.
Petit Ours Brun aime bien marcher dans l'eau,
surtout quand il ne voit plus ses bottes.

7.
Petit Ours Brun aime bien l'heure de l'apéritif,
surtout quand il y a des amis !

Petit Ours Brun reçoit une carte
1.
Il y a une carte pour Petit Ours Brun.
Il dit : - Tiens, qui est-ce qui m'écrit ?
2.
C'est une carte de Grand-Mère Ourse.
Petit Ours Brun dit : - Elle est belle, cette image.
3.
Petit Ours Brun veut que maman s'assoie.
Il dit : - Tu me la lis, s'il te plaît ?

4.
Maman Ourse lit la carte.
Petit Ours Brun écoute attentivement.

5.
Il met sa carte dans sa boîte à trésors.
Il dit : - Je la garderai toute la vie.

6.
Quand Papa Ours rentre du travail, vite,
Petit Ours Brun va chercher sa carte.

7.
Il est fier de la montrer à son papa. Il dit :
- Tu vois, là, c'est écrit : « Petit Ours Brun »

Petit Ours Brun a perdu son doudou

1.
Petit Ours Brun a perdu son doudou.
Il le cherche partout dans son lit.

2.
Petit Ours Brun appelle sa maman.
Il dit : - Maman, mon doudou, il n'est pas ici !

3.
Petit Ours Brun ne sait pas où il est.
Sa maman dit : - Essaie de t'en souvenir.

4.

Petit Ours Brun attend tristement.
Sa maman cherche. Son papa cherche aussi.

5.

Petit Ours Brun n'a pas son doudou.
Il ne peut vraiment pas dormir.

6.

Petit Ours Brun crie soudain :
- Oh oui ! Dans mon camion, ah oui, oui !

7.

Petit Ours Brun rit en retrouvant son doudou.
Son papa dit : - Qui va dormir maintenant ?

Petit Ours Brun et son copain

1.
Petit Ours Brun dit à sa maman : - Tu sais, mon copain Petit Ours Gris va venir.

2.
Petit Ours Brun dit à son papa :
- Voilà Petit Ours Gris, le voilà, le voilà !

3.
Petit Ours Brun dit à Petit Ours Gris :
- Allez, copain, viens jouer maintenant !

4.
Petit Ours Brun monte sur un banc,
c'est pour faire comme Petit Ours Gris.

5.
Petit Ours Brun dit : - On joue au foot ?
Petit Ours Gris dit : - D'accord, on joue !

6.
Petit Ours Brun pleure à grosses larmes
parce que Petit Ours Gris s'est fait mal.

7.
Petit Ours Brun est tout heureux
parce que Petit Ours Gris va beaucoup mieux !

Petit Ours Brun veut une histoire

1.
Petit Ours Brun veut une histoire.
Il prend un livre dans son placard.

2.
Petit Ours Brun va voir son papa :
- Tu me la lis, cette histoire ?

3.
Petit Ours Brun s'installe sur le canapé.
Il se met près de son papa, bien collé.

4.
Petit Ours Brun écoute sans faire de bruit.
Il regarde les images aussi.

5.
Petit Ours Brun sait ce qui va se passer.
C'est même lui qui le dit le premier.

6.
Petit Ours Brun arrive à la page qu'il préfère.
Il dit : - Bien fait, méchante sorcière !

7.
Et quand Papa Ours dit : - C'est fini !,
Petit Ours Brun demande : - Tu la relis ?

Petit Ours Brun aime sa maman

1. Petit Ours Brun est fier de sa maman, surtout quand elle met son collier blanc.

2. Petit Ours Brun a comme des frissons quand il sent comme elle sent bon.

3. Petit Ours Brun rit un bon coup quand c'est maman qui fait coucou !

4.

Petit Ours Brun n'a peur de rien
quand sa maman lui donne la main.

5.

Petit Ours Brun est rassuré
quand sa maman le tient serré.

6.

Petit Ours Brun se sent presque guéri
quand elle murmure : - Oui, c'est fini.

7.

Petit Ours Brun est bien content
que cette maman soit sa maman.

Les trésors de Petit Ours Brun

Petites et grandes découvertes

Petites et grandes inventions

Petites et grandes émotions

Petites et grandes victoires

Petits et grands amours